the Unwinding

the Unwinding
and other dreamings

解憂夢境書

JACKIE MORRIS

潔琪・莫理斯 著　韓絜光 譯

以鶇鶇的鳴唱、夜鶯的預感、野兔的氣息，以色彩和文字，

這本書獻給羅賓・史登漢姆（Robin Stenham）。

這 本書不一定要從頭依序讀到尾。這是一本寫給做夢之人的書。文字很少，圖畫豐富，目的是撫慰靈魂。

《解憂夢境書》的圖畫是我多年來經歷漫漫時光，在創作不同作品之間，用水彩創作而成，所傳述的故事只能用色彩表達，無法以文字言說。這一切創作都是為了緩解日常種種壓力帶來的緊繃，包括工作、家庭、生活的壓力。每幅圖畫蘊含多少故事，取決於觀看它們的人。書中的文字只是把其中一個版本固定在紙頁上。

這本書邀請各位幻想自己變形成其他樣貌。書中留下諸多空白，供讀者發揮想像力。在做夢之人的心中，圖畫與文字是催化劑，不是處方箋。但如果這本書被開成一帖藥方，處方箋上想必會寫著：

解 憂 夢 境 書

用藥指示：每晚結束、在睡前讀一篇故事，然後把書塞進枕頭下。

◇◇◇◇◇◇◇◇

日常使用，可放進口袋或背包，隨身攜帶。**壓力大時，可額外多讀幾篇故事。服用過量並無風險。**

副作用：可能會使得時間不知不覺地流逝，幫助一些人放鬆，助長另一些人做白日夢。與他人分享故事不會減低效用，反而能增進效果，大聲朗誦出來尤其見效。不論年齡大小均可安心服用，貓狗和其他生物也適用。

J・莫里斯
藥　劑　師
近 彭布羅克郡
西威爾斯

但也說不定，這些都只是作者的願望和期待。

壹

起 始

遺落夢境的守護者

這名女子，她可有名字？
即使有，也只有幾個人知道。
熊知道她的名字。
凡塵眾生之中，只有這一頭熊，
她會喚為朋友。
他們共有信任和愛。
她住在夕霞與晨曦之間，
那是屬於蛾的時間，
是貓頭鷹和蝙蝠的時間。

熊嗅得出夢的氣味，
夢似細流一般，潺潺流經空氣，
她和熊就循著細流，
追獵至源頭，
網羅收集，裝幀成冊。

那氣味並不甜美。

她對噩夢不感興趣。
她只尋找美，
不過悲傷令她著迷，
因為最深刻的美
往往隱匿在悲傷之中。

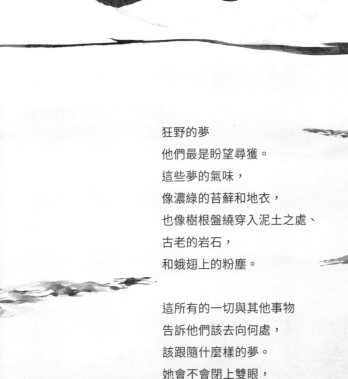

狂野的夢
他們最是盼望尋獲。
這些夢的氣味,
像濃綠的苔蘚和地衣,
也像樹根盤繞穿入泥土之處、
古老的岩石,
和蛾翅上的粉塵。

這所有的一切與其他事物
告訴他們該去向何處,
該跟隨什麼樣的夢。
她會不會閉上雙眼,
吸進某一段夢的細流?
這是不是她捕捉夢的方式?

只有大熊知道。
但若你在晨光下醒來，
發現床邊有一本小書──
有著裝幀美麗的書封，

那你就會知道昨日夜裡
他們經過了，而你原本做了個夢，
即使醒來的剎那
已經把夢的記憶掃向很遠。

你會知道，他們循著氣味來到，
在這裡待了片刻，收集你的思緒，
編織、捲繞、抄寫，
為你的夢境上色，納入收藏，
名為《遺落夢境
與半幻想物的圖書館》。

你也會知道，
他們遠走之前，她留給你這份禮物。
一本夢的小書。

貳

慰藉

金兔子之歌

她記不得是什麼時候，她第一次
回頭，發現一隻小兔子跟著她。
用黃金細細雕琢，腳下踏著
一張薄板，附有小巧的輪子，
他就在那裡。每一次
她環顧四周，總瞥見
小小一道金光。
論形論貌，他都
無比纖巧，像是為
精靈的孩子特製的玩具。
他一路跟隨她回家，
在她拉開滑門的瞬間，
從她身旁悄悄溜入，
從此進入她的生命。

過了一陣子，也許是幾個時辰，
或許是幾天，她發現自己對著兔子說話。
起初只是獨自感嘆，天空晴朗，
櫻花綻放，和風拂面。不出所料，
某日，一個柔和的聲音回話了。
她不覺得是自己擁有這隻兔子。
真要說的話，倒像是反過來。

又過了一陣子，她取來一條細線，給兔子的踏板繫上結，從此每當她走動，看起來不是兔子跟著她，而是她像孩子一樣，牽著奇妙的玩具。旁人見她經過，如果沒看見那條細線總是鬆鬆地牽著，永遠不算真正觀察到真相。

一天，她問兔子，為何在眾人之中偏偏找上了她。

「有些疑問，」兔子回答：「最好不要追究答案。總有
一天，當妳需要我了，妳就會明白。」

但她卻覺得自己向來需要他，覺得在多了這個奇妙的
影子之前，她的生命渺小、沒有意義。而且每當安靜
下來，她往往好奇尋思，兔子與她相遇之前過著何種生
活，是誰用什麼方法造就了他。但這些問題，她發現
自己永遠不能問，因為每當話到嘴邊，念頭就消失在腦
中，像彩虹在陽光下消散。

參

神話

午夜的魚

她從來只盼望從地表逃離。
因她坐困地表，塵土喧囂，
陸地包圍，重力為敵。
她從來只夢想如光飛升，
自在飛翔，乘風向上，
張開羽翼，翱翔天際。

還有那些鳥。她好愛鳥——甚至愛上
一根落下的羽毛捏在指尖的感覺；
它會在手裡旋轉顫晃，
如脈搏跳動，然後飄向天空，
彷彿每根羽毛都和她一樣，
渴望回到天空。

倘若她在彼此尚未相遇前，
就先夢到了他，
她也不會感到驚奇，
因為她知道夢擁有的力量。

而若她夢見的他
最後真的出現，
她也不會奇怪，
原因如上。

肆

樣貌

白熊的夢

白熊與女子交談往往都是問句。

「你的夢是什麼樣子？」她問他。
「什麼意思？」他回答。
「這個問題包含很多事……
你做的夢，說著哪一種語言？
當你做夢，夢見的是文字或是圖像？
你在夢中看見的是彩色，是黑白，又或是
做夢之人才知曉的顏色？
是眼睛所見，或者其他？」
「或者其他？」熊問。
「會不會是一種元素、一種香味、一種觸感？
你的夢以什麼樣貌呈現？
有沒有故事情節，還是抽象難解？」
白熊閉上雙眼，陷入沉思。
好一會兒，四周悄然無聲，
只有鳥兒鳴叫，與野兔
柔和的鼻息，冬葉窸窣搖晃。

後來月亮升起，與荊棘樹
冬日枯瘦的枝椏交織相映，
她又問了：
「你能指引夢的走向嗎？
你能不能讓你的夢
沿著盼望的路線走？
你的夢會不會於眠夢和甦醒之間
來回變換？還有，你醒來以後，
可記得夢中思緒走過的路？
還是每當新的一天露出曙光，
你的夢就消散無蹤？」

她分不出熊現在是睡是醒，
她的話是不是一首催眠曲。
但她還有更多問題想問。

「你醒著會不會做夢？
你的想像是文字，還是圖像？
你會不會流連岔路，
想像可能的過去、可能的未來，
一個與現在不同的你？
你的想像是什麼樣子？
夢對你重不重要，
是不是你靈魂圖樣的一部分？」

「妳為什麼想知道呢？」熊回答。

她在心中搜索良久，尋找一個答案。

「想要更瞭解我的心的地形；
想知道那與你的地景相不相合。」她說。

伍

舞

冬之女王
與她的狐狸愛人

夏日暑熱中，他渴望見她。
樹葉變色，綠轉金黃，
他期盼著她。
冬季降臨，乘著白眉歌鶇和田鶇
羽毛豐滿的背，
在杓鷸的鳴叫聲中，絲縷盤繞，
他等候她到來。

而她來了以後，腳爪下的泥土堅硬如鐵。
而她來了以後，水凝成厚冰，化為石頭。
雪花飄落天空，天色暗如寒鴉。
她盜走了大地的顏色。
石上生霜絨，溪流寂無聲。

他們翩翩起舞。整整三個漫長冬夜。

白晝短暫，他們在睡眠中度過，

蜷縮在彼此的臂彎之中。

她送他許多禮物：裹著羽毛、結著霜珠的小辮鴴，

與一碗明豔的玫瑰果。

他也回贈她一頂織著野莓、鳥羽的冰雪王冠，
以及他野狐眼底愛的光輝。

雪花蓮一旦破土而出，他知道她就會離開。
池水面的肌膚泛起皺紋，水溫回暖。
渡鴉撲翅翻滾，在青藍色的天空跳起求偶之舞。
溪岸樹籬腳下，白屈菜燦亮發光。
穗即鳥航行於氣流之海，然後輕輕著陸。

野狐聽見貓頭鷹歌唱，在昏黃暮色中醒來，
發現她已離去。遠方山谷間，傳來殷切渴求的叫喊，
某隻孤單的雌狐喚醒他的血液。
世界翻開新章。

陸

月亮

白熊的夢

II

她問他，
雪是什麼氣味？
他回答，
柔軟、冰涼、藍色。
她又問，
藍色也能是一種氣味嗎。
他回答，
苔蘚、凍原，
潔淨的泥土和地衣。
雪的氣味是平靜，
因為缺少氣味，所以
襯托出所有溫熱的生命
氣味是如此豐富。

每一朵雪花都有獨特的形狀，
在飄落的路徑上留下專屬氣味。

雪抹去氣味，他說。寒冷會偷走
陸地上的氣味，但也讓氣味更鮮活。
尤其在冰與海交會之處，
鹹味更尖銳，海水更濃稠。
踩在不含礦物的冰上，雪的氣味
是一股尖銳的疼痛，是呼吸忽然緊縮。

柒

平靜

午夜的魚

II

他們悠游於空中，這些魚兒
魚鰭像船帆，終其一生
尋找月虹──
那銀白色的重重圓弧，
在雨中滿月的映照下生成於天空。
魚兒將大口品嘗，
直到鱗片與月光同樣閃亮。

而她幾乎總是尾隨魚兒，
因為她曾經瞥見一條魚，
銀白亮澤在天際劃出一道圓弧，
那時夜色已深，她正走在雨裡，
尋覓一個她以為丟失的夢，
她需要那一段故事結局圓滿。

從此以後，她就盼望再遇見另一條魚。

他們有時會找到失落且被人遺忘的夢，
這些銀藍色、靛青色的魚，
他們也會吞食這些夢，
從夕暮之光到黎明之光。

陽光明亮的日子，魚兒幾乎不可得見，
但你說不定偶爾能瞥見，
魚鱗波光閃閃或一閃而逝的魚尾。

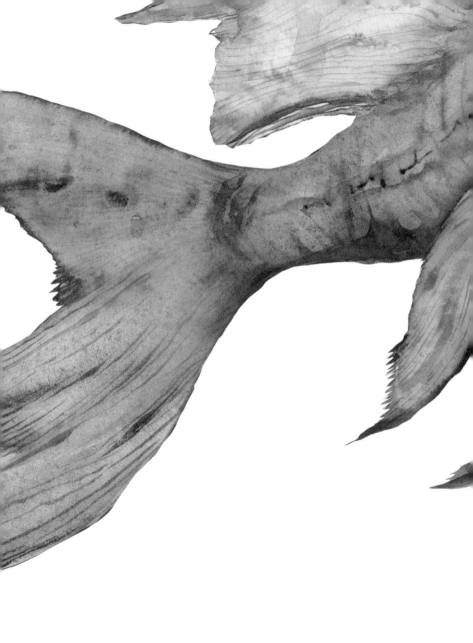

捌

祥和

白熊的夢

~ III ~

她覺得他，這頭大白熊彷彿一直是她
生命地景的一部分。
她拾來玫瑰果給他，甜美他的日子，
努力解釋果實曾經是花，只是現在化
為種子。他從來沒見過玫瑰。
他為她說故事，個個都染著明暗漸變
的白，也說到極光舞動的天空。
她覺得他好像懂得世界如何開始，
可能如何終結。
甚至在他們相遇之前，他似乎就曾走
進她的夢。

那時他走進她的夢，足掌每一落地，蛾就從
地面飛起，彷彿生自他的腳步。七彩飛蛾跟著
他，好似一朵雲團。飛蛾振翅的樂音跟著他，
北地天空舞動的光也跟著他，懸浮於他的鼻息
之間。他眼底有野性大地，他的毛皮潔白如
雪。他的聲音裡，有狂野不馴的智慧。

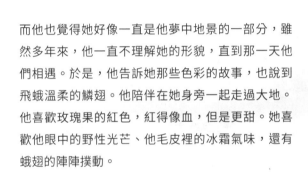

而他也覺得她好像一直是他夢中地景的一部分，雖然多年來，他一直不理解她的形貌，直到那一天他們相遇。於是，他告訴她那些色彩的故事，也說到飛蛾溫柔的鱗翅。他陪伴在她身旁一起走過大地。他喜歡玫瑰果的紅色，紅得像血，但是更甜。她喜歡他眼中的野性光芒、他毛皮裡的冰霜氣味，還有蛾翅的陣陣撲動。

玖

庇護

狼群的陪伴

依偎在動物們的臂彎裡，
她終於能休息了。感覺溫暖
又安全。

她還記得迷路的那一次──
儘管迷失了，她卻不肯感到恐懼，
反而只看見蔥鬱美麗的
原始森林，大口呼吸芬芳的樹木、
土壤、地衣、苔蘚。

林木高聳，她沿著其間蜿蜒的小路走，
有時來到林間空地，抬頭看見天上
一池星子。
有時樹林如此濃密，撥開荊棘纏繞，
她才能夠前行。

黃昏時分，蝙蝠和貓頭鷹飛竄在
林冠下的樹葉間，飛蛾升空迎接月亮，
她記得森林的氣味隨日光推移改變。

她走的每一條路都通往美。
溪流、水潭、瀑布，
岩石厚植青苔，樹叢長滿野莓、
接骨木、黑刺李、酸蘋果。

就連遇見那個女孩時，她也拒絕
感到恐懼，雖然後頸寒毛不禁豎起；
她遇見的這個生命，與她如此不同，
但她心中只有好奇。

而當她跟在小紅身後找到狼群，
她也只體會到回家的喜悅。

依偎在動物們的臂彎裡，
她現在能休息了。溫暖又安全。有狼群陪伴。

拾

幻影

狐狸的婚禮

往狐狸婚禮的路上，下起了雪。
不合時節的雪，在陽光下飄落。
月亮也如雪一般蒼白。
縱有稀薄陽光，翅膀依舊冰冷。
他們隨著音樂的形狀行進，
優雅的舞者伸足踏步。
有時候，這樣的故事、這樣的夢，
只能在問題中述說，
只能在答案裡找尋。

狐狸新娘和狐狸新郎，在何處相遇？
他們跟隨音樂的節奏在大地上走了多久？
雪花停止飄落，婚禮是否就會開始？
假如不是，又將在何時？
野兔怎麼能長出翅膀？

月圓之時，襯著陽光與白雪，
月光近乎透明，他們會唱起哪一首歌？

答案只存在於夢者的國度，
在上一次與下一次呼吸之間，
在敞開的心與張開的手裡。

拾壹

港口

一艘奇妙的船

如果你站在岸上從遠處眺望，
會不會知道她的船殼之下，
兩條巨足推動她在大海前行？
她停棲水面，長著羽翼，流露野性。
生有翅膀的狗兒在籠內守望，
籠前油燈點亮，
不久他們將出發狩獵。

一隻烏鶇鳴唱出聲。
少了她，太陽不會升起，
月亮也將永不西沉。
偶爾偶爾，她會變換曲調。

這些女子愛看滿月
在白晝下的光輝，看似如此微弱，
幾乎接近透明，陽光下宛如一紙圓盤。
她們也愛跳舞。

白熊護衛她們的旅程。
黑眼珠的貓頭鷹看守海浪。
她們是做夢之人，這些女子與這些熊，
見證真實也述說真實。
她們是時間的舞者，巡遊世界，收集故事。
只是現在，她們要在海上歇一會兒。

站在岸邊眺望遠方。
月亮沉向海的邊緣之際，
你可能會在暮色中看見她
張開寬廣的飛羽，飛向天空，
漸漸遠離海的表層，
飛入星辰之海。

拾貳

眞實

白熊的夢

IV

她在睡夢中的熊耳邊低語。

如果我說，我對你的愛
像鷦鷯鳴唱每一個音符的間隙，
你會明白我的意思嗎？
你會不會因此以為我的愛
簡直不存在，幾乎等於無？

或者你會感受到我的愛
被最豐饒、最狂野的歌聲包圍？
如果我說，我對你的愛
像我們這個光線昏濛的世界裡
夜鶯隱身的時間，
你會不會把它聽成寂靜？空無？
愛不存在？
或者你會聽出期待，
期待那傾瀉流淌的美妙樂音，
填滿心房、
靈魂、
身體、
腦海？

如果我說，我對你的愛
像野兔的呼吸，
你會不會覺得瞬息即逝？
如此飄渺而微小？

或者你會把它看成賦予生命的能力？

看成野性？

看成是那充盈在血液之中
令野兔奔跑之物？

拾參

希望

走出森林

每當說到森林邊界，森林的居民總懷著恐懼，
提到「開放的世界」，提到孩子走出森林邊界
以後永遠迷失，沒有路標也沒有樹木的記號，
指引他們回家。

森林裡代表安全，森林是家。

森林邊界和以外的一切，全都古怪離奇，誰知
道什麼模樣的怪物住在那裡？

森林居民鮮少有人旅行於兩個世界，許多人畢生住在森林裡，以為整個世界都是森林，以為天空就是翠綠與金黃樹葉編織的圖騰。只有偶爾在林間空地，令人暈眩的高度向上往天空深處延伸。許多人相信「開放的世界」只是神話，其實森林沒有邊界。

但故事收集者知道。她行走過「開放的世界」的大地，感受過陸上的暈頭轉向。世界被樹木的綠色光線過濾的人，一旦暴露在沒有樹蔭的地方，呼吸沒有葉香的不同空氣，他們總會暈眩；她甚至眺望過這樣的地方，草木不生，天不下雨，塵土在風的手中浮沉，沒有根可以固定。她感受過太陽接觸肌膚的感覺，少了樹林的溫柔過濾。而她知道即使是那裡，遠離了森林，即使是那裡，也有小小生命茁長。

而她知道，現在是離開的時候了，不是孤身一人，而是代表一個族群。她能說樹葉的語言，懂得鳥的話語，明瞭世界的歷史，她知道改變的時機到了。

於是她們啟程，走出森林，走向開放，心中懷抱勇氣與希望，出發尋找一個答案，那個答案也許能拯救她們森林的家。

願乔狐贈子小椛敏，
灰狐取賜給你的界吳。

手寫字 by IG 手寫創作者·狼焉
圖像·文字選自《解憂夢境畫》by 潔琪·莫理斯
Illustration from Unwinding © 2020 by Jackie Morris·大塊文化 NOT FOR SALE

拾 肆

安眠

熊與夜鶯

風吹林間，
搖響樹枝。
在他們躺臥的這個
地洞中，
是否聽得見星星？

雙手支撐著頭，
頭枕著腳掌，
各自安眠於彼此
沉默的信任裡，
飛蛾趁著白日
低吟黑夜小曲，
且聽那夜鶯──
夏天之鳥，
在漆黑冬日
編唱愛的歌謠。

野兔鍾情月亮，
思念她明亮的凝視。
出於野性的確信，
心中知道
她會再出現。

祝福

這個在野獸陪伴下平靜熟睡的女子，她是否知道，身下獻出身體充當柔軟枕頭的天鵝，曾經是一名少女，受困暴風雨中，只能抱膝蹲坐在水邊的樹叢下躲雨。未料她的愛人黃昏出外狩獵，只看見她純白的襯裙，以為是一隻天鵝，結果開槍誤殺了少女？她是否明白，少女純良的靈魂沒有殞落，反而升上明亮的夜空，以野天鵝的姿態飛翔？

她是否知道，守護她們夢境的貓頭鷹，曾經是一個女子──由金雀花、繡線菊、橡樹花這些山坡上的花兒構成的女子。她嫁為人婦以後，依然思念著情人，因此遭受到懲罰。因為那些人不明白，一個女子可能喜愛自由飛翔，喜愛黑夜，喜愛狩獵，多過於當一名妻子？

她是否知道自己狂野的影子，那隻始終陪伴她的赤狐，是可以變化形貌的狐仙？還有那頭灰狼，曾經背著沙皇跨越天空只為尋找一隻火鳥，以及那匹白馬，曾經貢獻了她的力量和勇氣？所有的故事，她會在和他們一起旅行的路上聽聞，下雪時一同分享溫暖，一起觀看月亮盈虧，看著星星像小巧的圖釘，把夜色釘上天空。

現在安心
睡吧，有野地
的祥和環繞。

願天鵝做你的枕頭，願金色的貓頭鷹
帶給你洞察。願赤狐贈予你機敏，
灰狼賜給你勇氣。

更願白馬
把她的力量借給你，
度過每一天。

謝 詞

由衷感謝我的經紀人潔西卡・伍勒（Jessica Woollard）所有的支持鼓勵，謝謝她相信我。也感謝 Unbound 出版社把每本書看作個別的生命，尤其感謝麗茲・凱伊（Lizzie Kaye）懂得我的心思遊蕩在古怪的道路上，協助我步步推展《解憂夢境書》。

謝謝設計師愛莉蓀・歐圖爾（Alison O'Toole）耐心傾聽並接納我可能冒出的每一個點子，然後運用才能和洞察力把這些點子做得盡善盡美。

謝謝每一個給予本書祝福的人，很多人根本還不曉得這本書會是什麼樣子。也謝謝與我共度每一天的夥伴，尼古拉・戴維斯（Nicola Davies）教導我好多事，而且懂得傾聽，知道要在何時給予建議，何時給予鼓勵。

還要謝謝羅賓……每一次我說故事，他都會乖乖睡著。

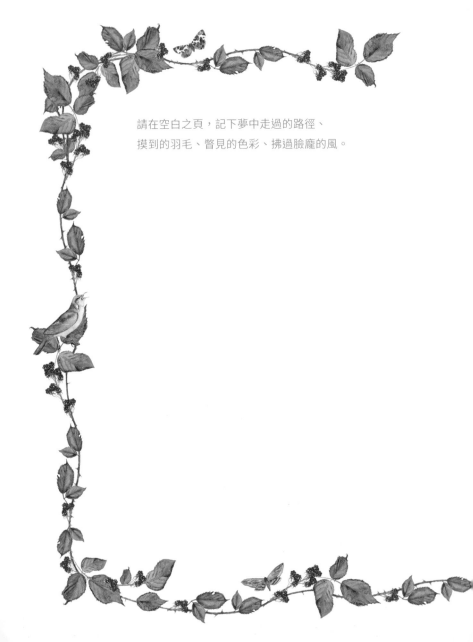

請在空白之頁，記下夢中走過的路徑、
摸到的羽毛、瞥見的色彩、拂過臉龐的風。

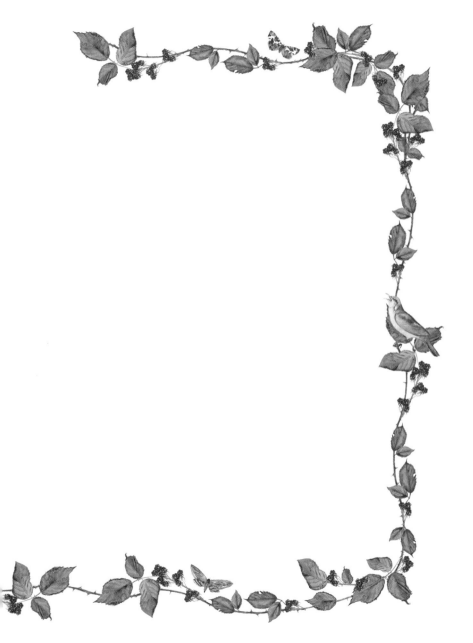

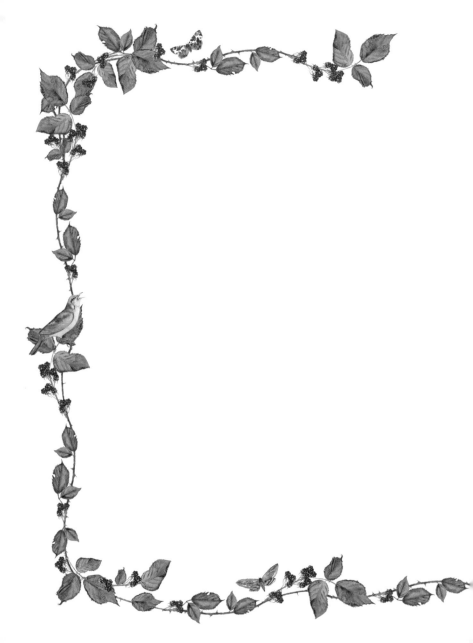

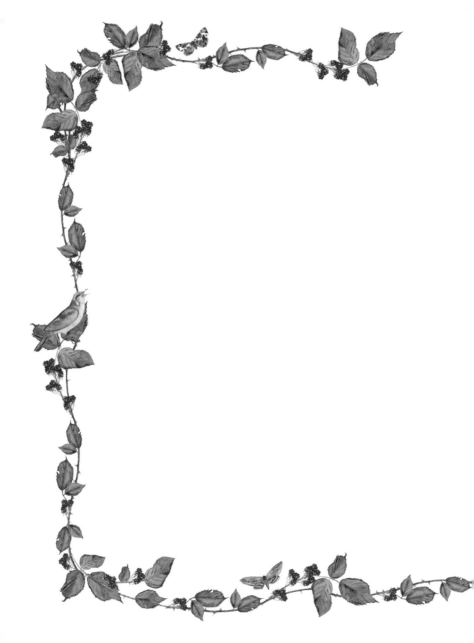

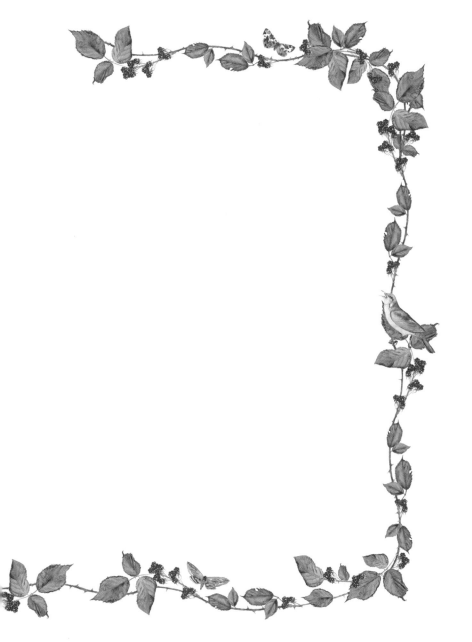

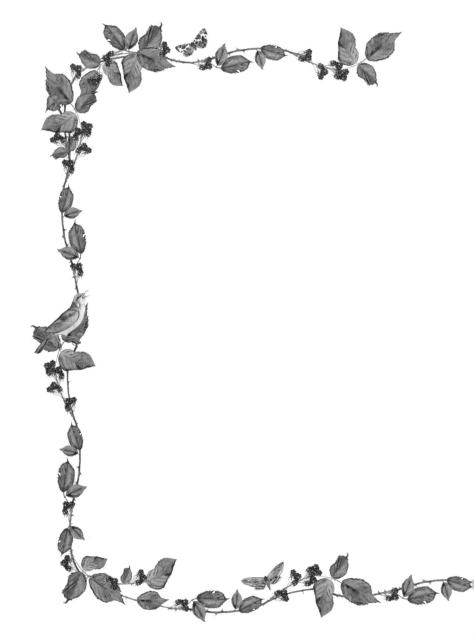

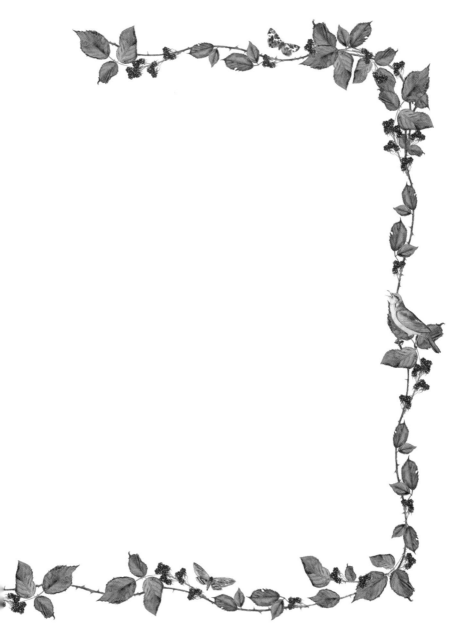

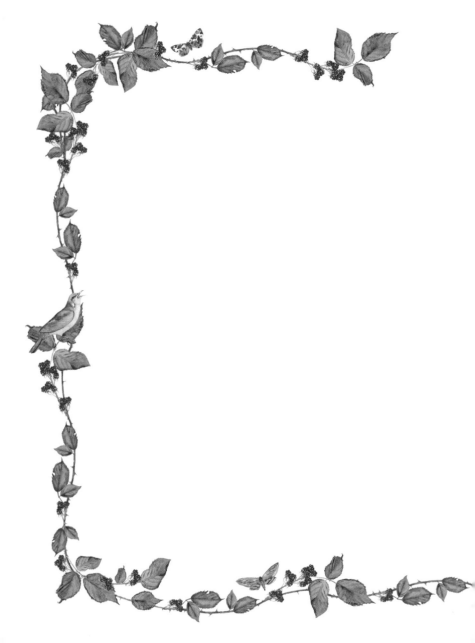

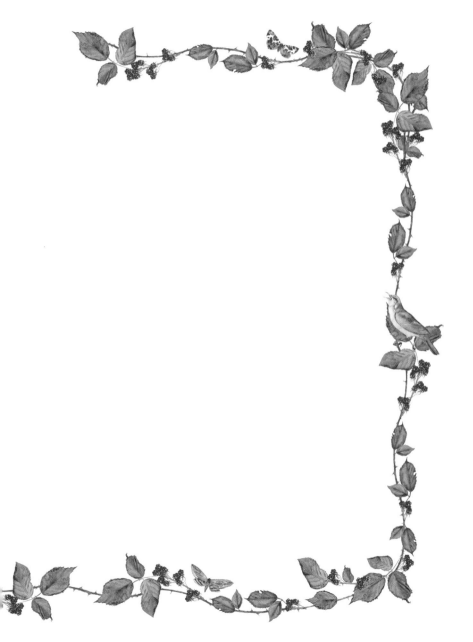

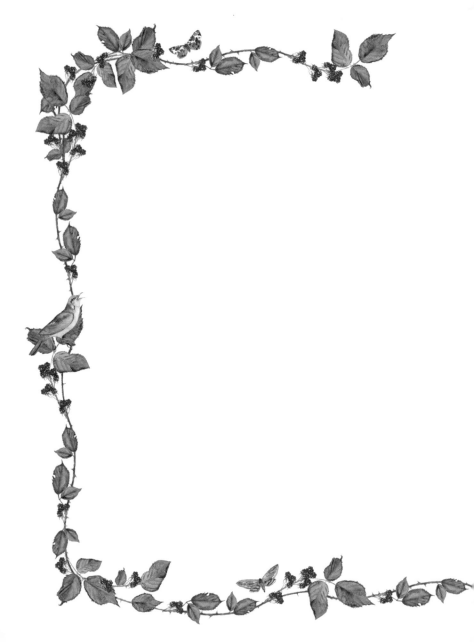

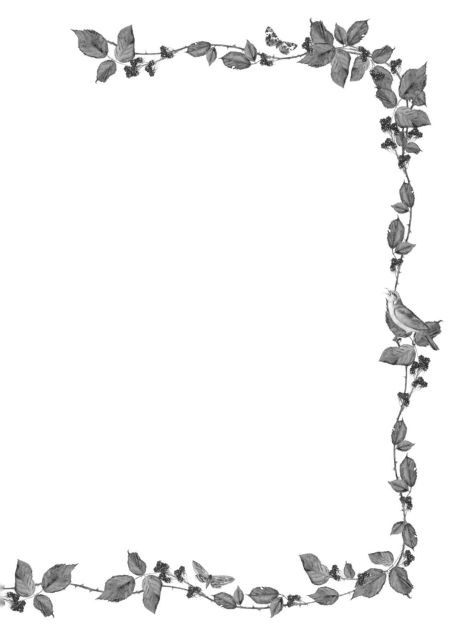

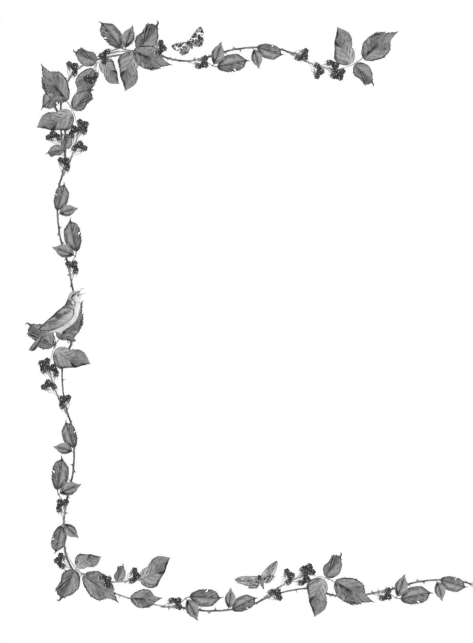

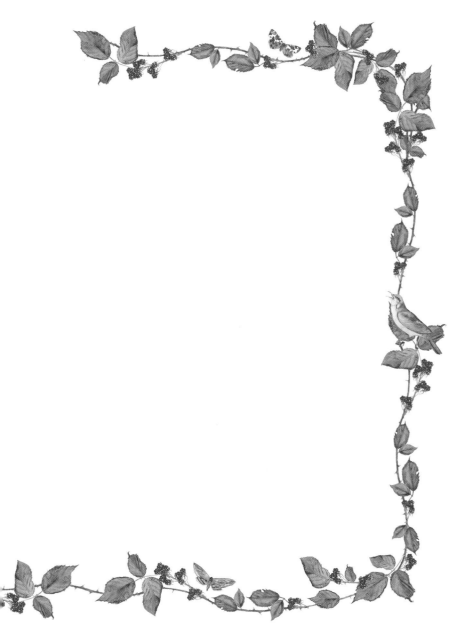

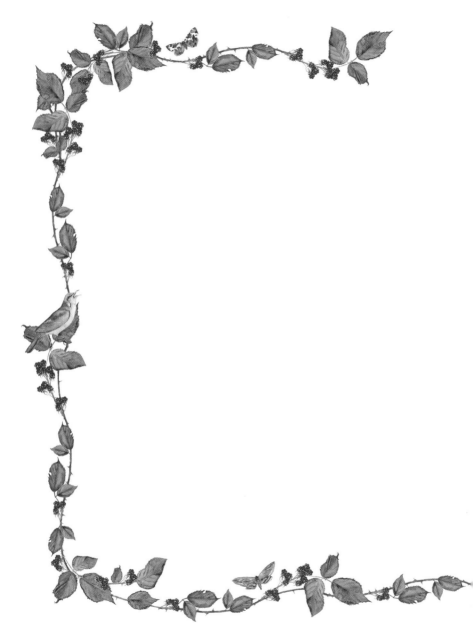

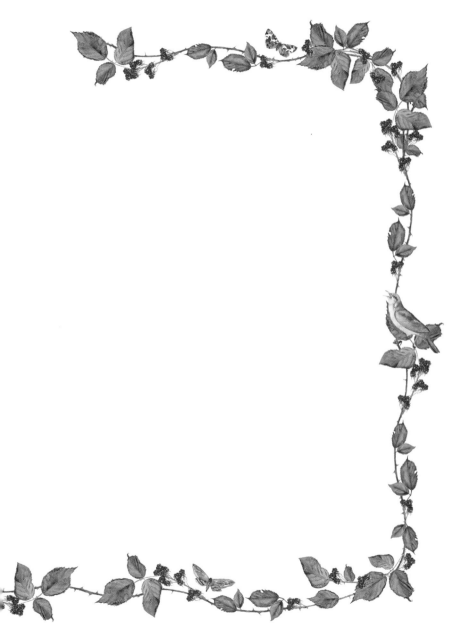

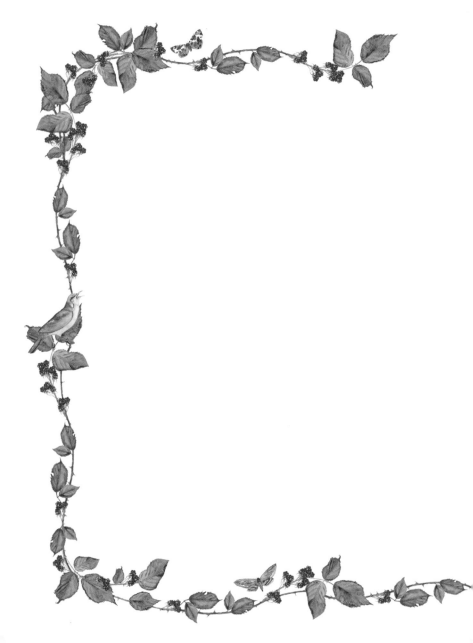

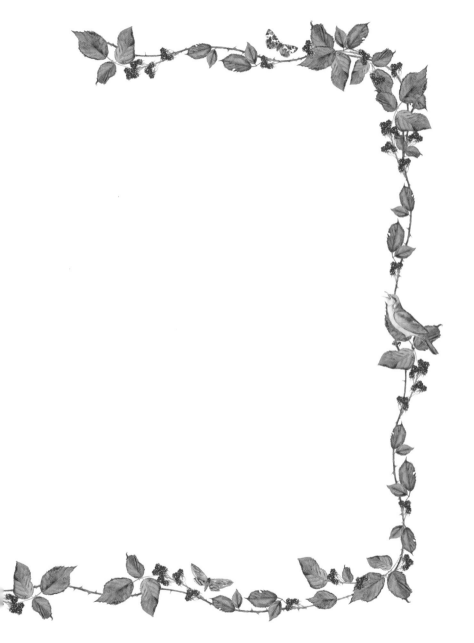

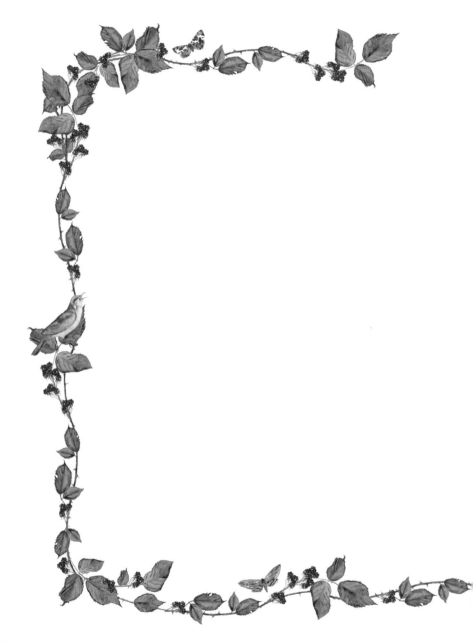

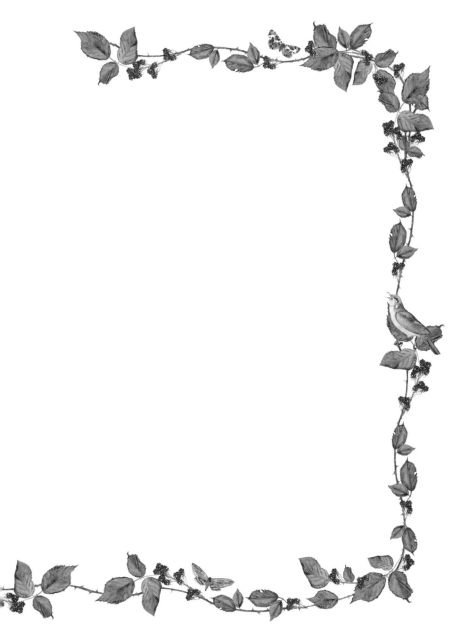

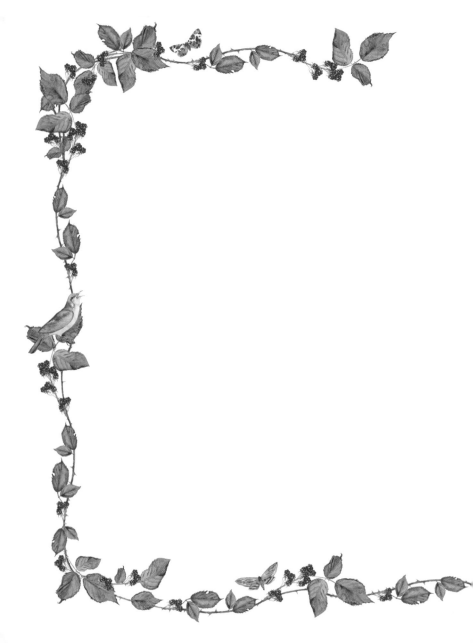

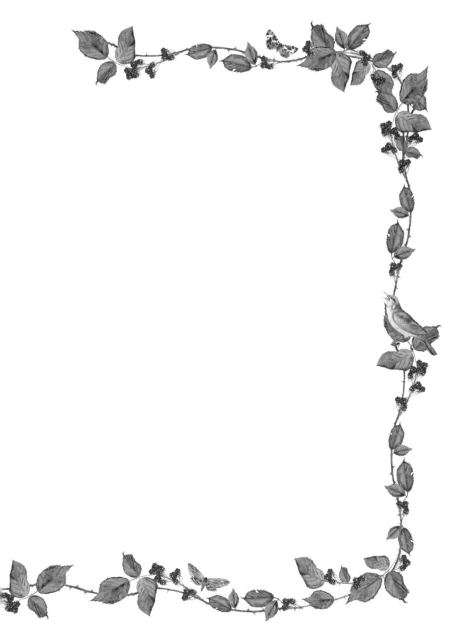

catch 276

解憂夢境書

作者：潔琪‧莫理斯（Jackie Morris）

譯者：韓絜光　文字編排：許慈力　責任編輯：潘乃慧

出版者：大塊文化出版股份有限公司

105022台北市松山區南京東路四段25號11樓

www.locuspublishing.com　讀者服務專線：0800-006689

TEL：（02）87123898　FAX：（02）87123897

郵撥帳號：18955675　戶名：大塊文化出版股份有限公司

法律顧問：董安丹律師、顧慕堯律師

The Unwinding

總經銷：大和書報圖書股份有限公司　地址：新北市新莊區五工五路2號

TEL：（02）89902588　FAX：（02）22901658

初版一刷：2022年3月　定價：新台幣499元

Printed in Taiwan

國家圖書館出版品預行編目(CIP)資料

解憂夢境書/潔琪‧莫理斯（Jackie Morris）著；韓絜光譯. -- 初版. -- 臺北市：大塊文化出版
股份有限公司, 2022.03　180面；13.5×17公分. -- (catch；276)　譯自：The unwinding and
other dreamings　ISBN 978-626-7118-03-0(精裝)　873.51　111000863